IÍDICHE MAMMA MIA

MARCIO PITLIUK

IÍDICHE
MAMMA
MIA

Ilustrações do próprio autor

EDITORA
GLOBO

Copyright © 1994 by Marcio Pitliuk

Todos os direitos reservados. Nenhuma parte desta edição pode ser utilizada ou reproduzida – em qualquer meio ou forma, seja mecânico ou eletrônico, fotocópia, gravação etc. – nem apropriada ouestocada em sistema de banco de dados, sem a expressa autorização da editora.

Capa: Carlos Grassetti
Projeto gráfico: Alves & Miranda Editorial
Editoração eletrônica: AM Produções Gráficas Ltda.

Dados Internacionais de Catalogação na Publicação (CIP)
(Câmara Brasileira do Livro, SP, Brasil)

Pitliuk, Marcio
 Iídiche mamma mia / Marcio Pitliuk – São Paulo
: Globo

ISBN: 85-250-1266-1

1. Humorismo 2. Literatura brasileira I. Título

94-3101   CDD 869.975

Índices para catálogo sistemático
1. Humor e sátira : Século 20 : Literatura brasileira 869.975
2. Século 20 : Humor e sátira : Literatura brasileira 869.75

Direitos de edição em língua portuguesa
adquiridos por Editora Globo S. A.
Av. Jaguaré, 1485 – 05346-902 – São Paulo / SP
Tel.: (11) 3362-2000
Email: atendimento@edglobo.com.br

Impressão e Acabamento
na Gráfica Imprensa da Fé

*Dedico este livro a minha mãe.
Se não fosse por ela,
jamais teria sido escrito.*

PREFÁCIO

RUBENS PITLIUK

Alguns hábitos na religião judaica dão a impressão de que a mulher tem importância menor que o homem. Por exemplo, a separação entre homens e mulheres na sinagoga e o fato de quase não existirem "rabinas". Essa falta de poder é pura impressão. Para o Judaísmo a mulher tem até mesmo o poder de desviar a atenção do homem com relação a Deus, por isso a separação na sinagoga. Além disso, é responsabilidade da mulher e a cerimônia do Shabat em casa, que é mais importante do que as rezas na sinagoga. Na verdade, a cultura judaica é altamente matriarcal. Provavelmente esse poder todo vem desde a época de Moisés. Sua mãe de criação era egípcia, mas ela deve ter lido na época algum "Manual da Mãe Judia".

Psicologicamente falando, as características da "Iídiche Mamma" são um dos motivos (existem outros que não vêm ao caso neste livro) que fazem com que os judeus se destaquem intelectualmente através da História. De tanto ouvirem de suas mães que são crianças que se alimentam mal, que não ouvem seus conselhos e que os filhos das amigas são o máximo, eles passam a compensar pelo exagero. Escolhem profissões "nobres" e se destacam nas mesmas. Ganham prêmios Nobel, desenvolvem sistemas políticos, inventam psicanálise etc., tudo para ver se finalmente suas "Iídiche Mammas" reconhecem que se tornaram adultos capazes.

Se você já tem mais de 30 anos e uma mãe que tenha lido o manual, não se desespere. Você sempre pode fundar uma religião, por exemplo. Hoje em dia o risco de ser crucificado é bem menor do que na época do Império Romano. Agora, se isso acontecer, prepare-se para ouvir dela: "Quem mandou não ouvir meus conselhos?".

Atenção, leitor, justiça seja feita: eu conheço a mãe do autor há mais tempo do que ele. Preciso dizer que ela é uma exceção à regra. Talvez por isso ele não ganhe o Nobel de Literatura, pelo menos desta vez.

Rubens Pitliuk é psiquiatra e irmão mais velho do autor.

O autor, fantasiado de Groucho Marx.

CUIDADOS ESPECIAIS AO MANUSEAR ESTA OBRA

Não deixe que sua mãe leia este livro. Ela pode aprender a agir com você de formas novas ainda não pesquisadas. O autor não se responsabiliza pelo que pode acontecer.

Explicação:

Escrevi este livro para ganhar dinheiro e com isso pagar a conta do meu analista.

O autor e seu irmão, O "Doctor". Aqui o autor está usando a gravata de bolinhas. "Porque você não está usando a listrada?"

COMO USAR ESTE LIVRO

Este é um guia completo para você saber se a sua mãe é castradora ou não. Em tese, todas as mães são. As italianas e as judias, mais que as outras. A leitura deste livro pode ajudá-lo a sobreviver a sua **supermãe**. A conviver melhor com ela. A sofrer um pouco menos. **Entendê-la, jamais!**

Ao ler estas páginas, você vai descobrir que não é o único filho que recebe uma ligação dela às 4 horas da madrugada perguntando se você está bem coberto e se a janela está fechada. Você vai ouvir casos muito piores que o seu. Vai ficar sabendo que sogra é refresco perto de uma **Iídiche Mamma Mia!**

Este livro vai ajudá-lo a descobrir que ela também sofre. Que ela fica preocupadíssima quando você "chega tarde em casa", "não se agasalha direito", "não come verduras" e "toma água gelada".

O renomado psiquiatra dr. Oscar K., autor da tese "Mother, why me?", afirma que "existe uma compulsão em tratar os filhos como crianças pelas mães em geral e pela minha em particular". O melhor exemplo que podemos ter dessa teoria é que um dia a mãe do dr. Oscar K. foi reclamar com o diretor da clínica psiquiátrica onde ele trabalhava: "É um absurdo você deixar meu filhinho trabalhando no meio desses loucos".

O autor com uma das gravatas que ele ganhou da iídiche mamma. Provavelmente não gostou das outras gravatas que ela deu.

"— Por que você não está usando a de bolinhas?"

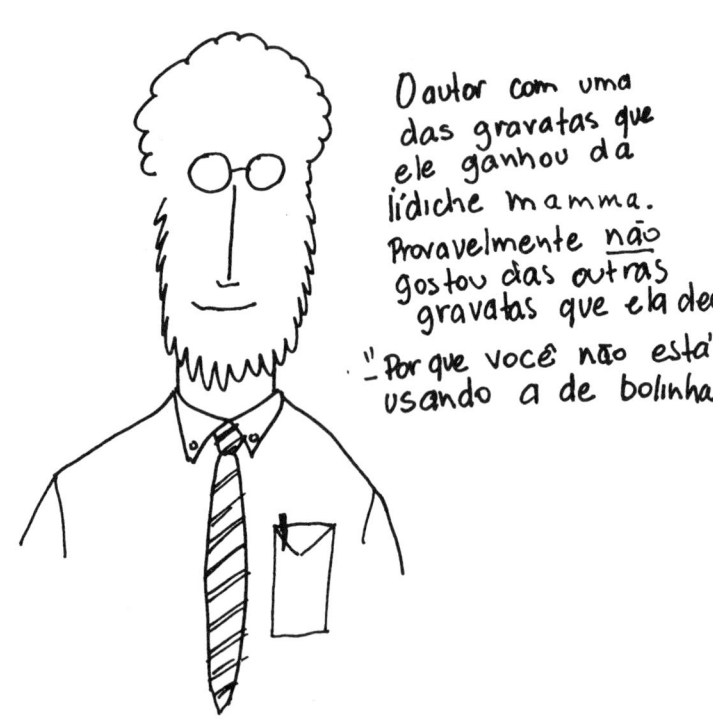

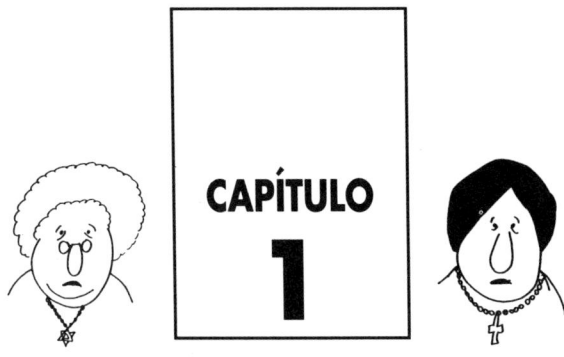

O VESTUÁRIO DA IÍDICHE MAMMA MIA

Iídiche Mamma: Roupas bem coloridas
Mamma Italiana: Roupas pretas

Iídiche Mamma: Roupas largas, pois normalmente são gorduchinhas.
Mamma Italiana: Roupas largas, pois normalmente são gordinhas.

Iídiche Mamma: Sutiã 52
Mamma Italiana: Sutiã 52

Iídiche Mamma: Chapéu colorido
Mamma Italiana: Lenço na cabeça

Iídiche Mamma: Jóias
Mamma Italiana: Bijuterias

Iídiche Mamma: Usa sempre um casaquinho.
Mamma Italiana: Usa sempre um xale.

Iídiche Mamma: Na praia, usa maiô bem colorido.
Mamma Italiana: Na praia, vai de roupa colorida.

Iídiche Mamma: Usa óculos, mas pede que você leia tudo para ela.
Mamma Italiana: Não usa óculos, por vaidade, e pede que você leia tudo para ela.

Iídiche Mamma: Bastante maquiagem
Mamma Italiana: Nenhuma maquiagem

Iídiche Mamma: Tinge os cabelos brancos e se queixa do cabeleireiro.
Mamma Italiana: Se queixa de que tem cabelos brancos, mas não os tinge.

Iídiche Mamma: Usa um *robe de chambre* bem colorido sobre o pijama.
Mamma Italiana: Usa um casaco preto sobre o pijama.

 **CAPÍTULO 2**

A PROFISSÃO QUE A IÍDICHE MAMMA MIA ESCOLHE PARA SEUS FILHOS

Mamma Italiana: *"Padre.* Quem sabe um dia você será o papa?"
Iídiche Mamma: *"Rabino,* não. Ganha pouco dinheiro".

Mamma Italiana: *"Artista de cinema.* Porque você é mais bonito que o Marcello Mastroianni".
Iídiche Mamma: *"Artista?* E isso é profissão?"

Mamma Italiana: *"Pintor,* como Leonardo da Vinci".
Iídiche Mamma: *"Médico,* como o filho da Raquel".

Mamma Italiana: *"Cantor de ópera,* como o Pavarotti".
Iídiche Mamma: *"Advogado,* como o filho da Sara".

Mamma Italiana: *"Professor?* Você é muito burro para ser professor!"
Iídiche Mamma: *"Professor?* Um gênio como você poderia ser banqueiro!"

Mamma Italiana: *"Qualquer coisa,* contanto que você não acabe como seu pai".
Iídiche Mamma: *"Trabalhar com seu pai?* Seu pai não estudou porque não teve oportunidade. Mas você tem!"

O autor, como Rabino.

"Ai Meu Deus! Você não gostou da gravata de bolinhas?"

 **CAPÍTULO 3**

OS 10 HERÓIS DA IÍDICHE MAMMA MIA

Iídiche Mamma	**Mamma Italiana**
Ben Gurion	Marcello Mastroianni
Barão de Rothchild	Al Pacino
O filho da Raquel	O seu avô
O seu irmão	O papa
Os Irmãos Marx	Totó
Meier Lansky	Al Capone
Marc Chagall	Rodolfo Valentino
O seu pai, de **me** agüentar	O seu pai, de **te** agüentar
Issac Bashevi Singer	Mussolini
O seu filho	O seu filho

AS 10 HEROÍNAS DA IÍDICHE MAMMA MIA

Iídiche Mamma	Mamma Italiana
Ela	Ela
Ela	Ela
Ela	Ela
Ela	Ela
Ela	**Ela**
Ela	Ela
Ela	Ela
Ela	Ela
Ela	Ela
Ela	Ela

 **CAPÍTULO 5**

AS 10 GRANDES MULHERES NA OPINIÃO DA IÍDICHE MAMMA MIA

Iídiche Mamma	**Mamma Italiana**
Barbara Streisand	Sofia Loren
Goldie Hawn	Gigliola Cinquetti
Rainha Esther	A sua irmã
A nora da Clara	A sua prima
A sua cunhada	A sua mulher
Golda Meir	Madre Teresa de Calcutá
A sua avó	A sua avó
A sua filha	A sua filha
A sua empregada	A sua cozinheira
Ela	Ela

AS 4 PESSOAS DE QUEM A MAMMA ITALIANA NÃO GOSTA MUITO

A mãe do seu pai

A irmã do seu pai

A tia do seu pai

A prima do seu pai

CAPÍTULO 6a

OS GOSTOS DA IÍDICHE MAMMA

De quem a Iídiche Mamma não gosta:
Da sua namorada

Quem a Iídiche Mamma adora:
Sua esposa. Ou seja, sua namorada, depois que ela casa com você.

CAPÍTULO 7

OBJETOS PREFERIDOS DA IÍDICHE MAMMA MIA

Iídiche Mamma: Forro no sofá, para não estragar o tecido.
Mamma Italiana: Sofá que era do Nonno.

Iídiche Mamma: Mesusah
Mamma Italiana: Quadro da Santa Ceia

Iídiche Mamma: Fotos dos netos
Mamma Italiana: Fotos do papa

Iídiche Mamma: Arranjos de flores artificiais
Mamma Italiana: Vaso com flores

Iídiche Mamma: Uma pilha de exames médicos
Mamma Italiana: Uma pilha de receitas

O netinho querido.

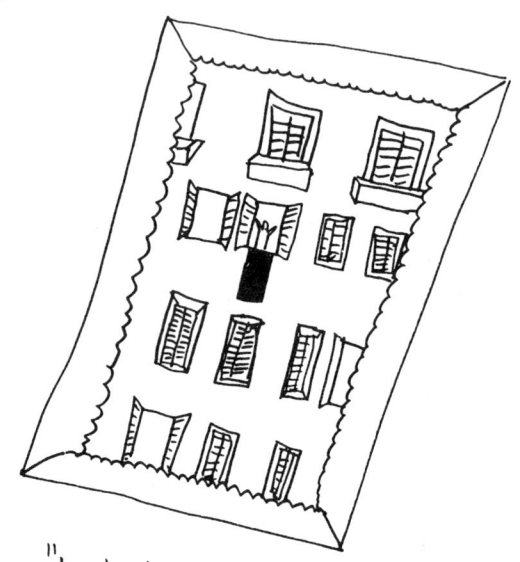

"—Aquele lá na janela é o papa!"

Iídiche Mamma: Um armário cheio de remédios
Mamma Italiana: Um armário cheio de condimentos

Iídiche Mamma: Um poster de Jerusalém
Mamma Italiana: Um poster de Veneza

Iídiche Mamma: Uma penteadeira cheia de cremes e estojos de maquiagem
Mamma Italiana: Uma penteadeira cheia de santos, anjos, velas e crucifixos

Iídiche Mamma: Tem sempre na cabeceira o extrato do banco.
Mamma Italiana: Tem sempre na cabeceira um exemplar da Bíblia.

Iídiche Mamma: No bolso, um chaveiro Gucci
Mamma Italiana: No bolso, um terço

Iídiche Mamma: Um elefante de costas para a porta
Mamma Italiana: Uma imagem da Virgem Maria

Iídiche Mamma: Um dente-de-leite que já foi seu.
Mamma Italiana: Um trevo de 4 folhas bem seco

Iídiche Mamma: Tapete persa
Mamma Italiana: Um piumone

AS 10 OBRAS PREFERIDAS DA IÍDICHE MAMMA MIA

Iídiche Mamma

Os Dez Mandamentos

E o Vento Levou

Discos de Arthur Rubinstein

O Violinista no Telhado

Seus desenhos quando criança

Reproduções de Chagall

Mamma Italiana

A Paixão de Cristo

E o Vento Levou

Discos do Pavarotti

O Barbeiro de Sevilha

Reproduções de Michelangelo

Reprodução da Pietà

Diploma da Wizo*
Seu exame de diabetes
negativo

Diploma de cozinheira
Seu exame de colesterol
negativo

O Primeiro Testamento

O Segundo Testamento

O testamento do seu pai

O testamento do seu avô

---

* Wizo: Woman International Zionist Organization (Organização feminina de assistência à criança carente).

A IÍDICHE MAMMA MIA NA ALIMENTAÇÃO

É famosa a definição:

Iídiche Mamma: "Coma tudo se não **ME** mato".

Mamma Italiana: "Coma tudo se não **TE** mato".

Alimentação

O item alimentação é um dos mais importantes na relação mãe e filho. A **Iídiche Mamma Mia** sempre acha que o filho dela está magro. Quando você era bebê, os outros sempre diziam: "Olha que bebê gorduchinho". Sua **Iídiche Mamma Mia** dizia: "Ele está tão magrinho". Você nem lembra, mas foram muitas mamadeiras por dia com leite e maisena. Você cresceu um pouquinho mais, e começaram os lanchinhos. Lanchinho de manhã, antes do almoço. Lanchinho à tarde, depois do almoço. Lanchinho antes do jantar e um lanchinho antes de dormir. Fora as vitaminas que você tomava nos intervalos. Até hoje, apesar da luta contra o excesso de peso, ela ainda acha que você está magro e se alimentando mal. É claro que aquela mulher que mora com você (sua esposa há mais de 15 anos) não alimenta você direito. Não adianta nada explicar à **Iídiche Mamma Mia** que você faz dieta, pois está com excesso de peso, diabetes e colesterol alto. Na verdade, é um milagre que ainda esteja vivo.

Leia a seguir uma seleção das frases mais usadas para forçá-lo a comer:

– Coma tudo, sabe quantas crianças morrem de fome por dia no mundo?

– Fiz aquele refogado de chuchu que você adora.

– Só mais um prato e depois deixo você ir brincar.

– Passa esse pedacinho de pão no molho só para limpar o prato. (Na verdade, um filão inteiro.)

– Você ainda vai pegar uma pneumonia.

– O filho da Clara adora berinjela.

– Se você não se alimentar bem, essa sua amiguinha (sua esposa há mais de três anos) não vai querer sair com você.

– Tire o cotovelo da mesa!

– Você não gostou da minha macarronada? (Isso depois de comer três pratos.)

– Mostre para o papai que você come toda essa abobrinha. (Seu pai acabou de esconder a dele.)

– Você acha que a Kim Basinger vai querer sair com um magricela?

– Quem disse para você que ovo frito faz mal para o colesterol?

– Acabe tudo para eu poder lavar a panela.

– Eu sei que você já comeu três pedaços, mas é só para acabar.

O autor, se seguisse a dieta recomendada pela Iídiche Mamma.

CAPÍTULO 10

SINAIS CARACTERÍSTICOS DA IÍDICHE MAMMA MIA

Mamma Italiana:
Sinal-da-cruz

Iídiche Mamma:
Sinal de que está tendo um infarto

CAPÍTULO 11

HISTÓRIAS REAIS

A seguir, relataremos uma série de histórias reais, acontecidas com pessoas iguais a você. Qualquer semelhança não é mera coincidência.

O relatório de Giovanni B.

"Minha mãe não pode me ver doente que fica doente também. E, o pior, com mais gravidade. Acho que ela age assim para que eu me recupere logo e possa tratar dela. Ou então para que minha doença não piore. Só sei que fico duplamente doente. Por mim e por ela. Sem falar da conta na farmácia que acaba dobrando. Um dia eu caí da bicicleta e desloquei o pulso. No dia seguinte ela conseguiu deslocar a clavícula. Não sei como, se ela não pratica esporte nenhum, não guia e passa o dia inteiro fazendo malhas de lã para mim. (Já tenho 237 malhas.) Meu pai acha que ela fechou a porta da geladeira no ombro.

"Numa outra ocasião, peguei uma gripe muito forte. Fui assistir a um jogo de futebol e ela me preveniu (ou rogou praga, não sei) de que estava muito frio (era um dia de verão). Além do meu time perder (acho que foi praga dela), acabei gripado. Batata! Dois dias depois ela pegou pneumonia. Não sei como, pois ela vive de casaco e xale no pescoço. Meu pai acha que ela se trancou na geladeira. A última vez que ela ficou doente foi duas semanas atrás. Eu tive um problema de hérnia no disco e fui operado. Você acredita que ela conseguiu ser operada no mesmo dia e ficou uma semana no hospital comigo? Como ela conseguiu? Meu pai acha que ela levantou a geladeira sozinha. Pode ser. De qualquer maneira, vendi a geladeira."

"Eu precisava limpar embaixo da geladeira!"

O relatório de Jacó L.

"Depois de namorar 8 anos com a mesma mulher, resolvi casar. Fiquei um mês me preparando psicologicamente, criando coragem, tudo para enfrentar minha mãe. Não sei como ela reagiria ao saber da novidade. Mas estava preparado para o pior. Expliquei para minha noiva que era melhor eu ir sozinho dar a boa (?) notícia.
– Mamãe, eu e a Rosana...
– Quem é a Rosana?
– Rosana, mamãe. Minha namorada.
– Ah, sei, sei. Aquela mocinha que sai com você.
– Pois é, mamãe, eu e ela vamos...
– Vem cá um pouquinho para eu medir esta malha. Deixa ver se já está no tamanho certo.
– Mediu, mamãe? Ótimo. Como eu dia dizendo, eu e a Rosana...
– Rosana? Que Rosana?
– A minha namorada, mamãe. Pois eu e ela estamos pensando...
– Por falar em namorada, Jacozinho, eu preciso apresentar a você a filha da Clara. Uma moça tão boa, tão bonita, tão agradável. Não é como essas garotas com quem você sai...
– Sabe, mamãe, eu já tenho 35 anos e está na hora de casar.
– Eu também acho.
– Por isso eu e a Rosana vamos nos casar.
– O quê? Você ficou louco. Você é uma criança.
– Mamãe, tenho 35 anos.
– Para mim você não passa de uma criança.
– Vou casar e está decidido.

– Mas eu não tenho sapatos para a festa.
– Eu compro os sapatos para você.
– Ai, ai, estou sentindo uma pontada no coração. Acho que vou morrer.

"No dia seguinte, trouxe a Rosana em casa para mostrar a ela que mamãe tinha concordado.

– Então, mamãe?
– Não me chame de mamãe, mocinha.
– Desculpe, dona Raquel. Está feliz que seu filho vai casar?
– Um rapaz como ele poderia ter escolhido melhor."

O relatório de Issak W.

"Num desses dias de tempestade que caem sobre a cidade, eu estava no meio da marginal. O rio começou a subir e em pouco tempo tudo estava alagado. Foi um dos piores temporais dos últimos anos. O engarrafamento foi desastroso. Eram milhares de motoristas em cima de um viaduto esperando o corpo de bombeiros para nos salvar. Achei que ia morrer. Os helicópteros não podiam nos pegar porque a chuva era fortíssima. Para encurtar a história, fiquei 48 horas incomunicável. Quando consegui chegar em casa, tinha duzentos recados da minha mãe na secretária eletrônica. Liguei para ela, para explicar o que tinha acontecido.

– Alô, mamãe, tudo bem?
– Issak, meu filhinho, onde você andou esses dias todos que não me ligou?
– Fiquei preso na enchente. Você não viu na televisão as notícias?
– Não, você ficou de arrumar a antena da minha televisão e estou esperando até hoje.
– Foi a maior enchente da cidade. Fiquei preso no congestionamento.
– E por que não me ligou ontem? Não me ama mais?
– Não dava para telefonar, mamãe.
– Se você tivesse boa vontade, arrumava um telefone.
– Mãe, fiquei dois dias em cima de um viaduto tentando me salvar.
– Por que não me ligou e pediu para eu ajudar? Quer fazer tudo sozinho!
– Eu quase morri afogado!
– Eu disse para você aprender a nadar direito.

– Mamãe, foi a maior enchente da cidade. Milhares de pessoas ilhadas.
– Sua comida já deve estar fria. Fiquei esperando você para o jantar.

Como o filho é.

Como ela o vê.

— Vou levar os jornais para a senhora ver. Nunca tomei tanta chuva na vida.
— Enxugou bem os pés? Cuidado para não pegar frieiras."

Como ela gostaria que ele fosse.

CAPÍTULO 12

A IÍDICHE MAMMA MIA
E O CASAMENTO

10 razões extremamente lógicas
(da parte dela)
para você não se casar.

1 - Quem vai dar comida para você?

2 - Quem vai acordá-lo de manhã?

3 - Quem vai arrumar sua cama todos os dias?

4 - E se você acordar doente no meio da noite?

5 - Quem vai fazer a bainha da sua calça?

6 - E se <u>eu</u> acordar doente no meio da noite?

7 - O filho da Clara ainda não casou!

8 - Você nem tem aspirador de pó!

9 - Quem vai lavar suas cuecas?

10 - Você quer que eu morra?

"oi veiz mier!" (*)

(*) O equivalente a: "você quer me matar?"

CAPÍTULO 13

RAZÃO FINAL E DEFINITIVA PARA VOCÊ
NÃO SE CASAR

Iídiche Mamma:
" **Você** é muito melhor do que **ela**".

Mamma Italiana:
"**Ela** é muito melhor do que **você**".

CAPÍTULO 14

QUE RESPOSTAS VOCÊ DÁ À IÍDICHE MAMMA MIA PARA EXPLICAR POR QUE VOCÊ JÁ PODE SE CASAR

1 - *Quem vai dar comida para você?*
Resposta: Nós vamos contratar uma empregada.
Iídiche Mamma Mia: Ela não vai durar um dia!

2 - *Quem vai acordar você de manhã?*
Resposta: O despertador.
Iídiche Mamma Mia: E você acha que pode confiar nessas máquinas?

3 - *Quem vai arrumar sua cama todos os dias?*
Resposta: A empregada.
Iídiche Mamma Mia: Ela não vai durar um dia!

4 - *E se você acordar doente no meio da noite?*
Resposta: Eu chamo um médico, como sempre fiz.
Iídiche Mamma Mia: Se você fosse como o filho da Clara, **você** seria médico.

5 - *Quem vai fazer a bainha da sua calça?*
Resposta: A loja.
Iídiche Mamma Mia: Sabe quanto vai custar?

6 - *E se eu acordar doente no meio da noite?*
Resposta: Você chama um médico, pois eu não sou médico.
Iídiche Mamma Mia: Se você fosse como o filho da Clara, você seria médico.

7 - *Você nem tem aspirador de pó!*
Resposta: Vou ganhar um de casamento.
Iídiche Mamma Mia: Esses aspiradores modernos não são bons.

8 - *O filho da Clara ainda não casou.*
Resposta: Não casou porque não conseguiu.
Iídiche Mamma Mia: Ele tem muito juízo.

9 - *Quem vai lavar suas cuecas?*
Resposta: Vou ganhar uma máquina de lavar roupas de casamento.
Iídiche Mamma Mia: Essas máquinas modernas estragam a roupa.

10 - *Você quer que eu morra?*
Resposta: Eu estou apenas casando.
Iídiche Mamma Mia: Ai! Estou sentindo uma pontada no peito!

CAPÍTULO 15

QUEM VOCÊ DEVERIA SER

Mamma Italiana
Cristo

Iídiche Mamma
Igual ao filho da Clara

"Ele não é a cara do Einstein?"

CAPÍTULO 16

COM QUEM VOCÊ PARECE

Mamma Italiana
Com Cristo

Iídiche Mamma
Para ela: com um shleper*
Para as amigas: com um gênio

---
*Shleper: pobre coitado.

CAPÍTULO 17

A IÍDICHE MAMMA MIA E A RELIGIÃO

O autor, ao fazer "Bar-Mitzvah":

"Chave?
Que chave?"

O Bar-Mitzvah

Bar-Mitzvah é quando o filho faz 13 anos e, segundo a religião judaica, deixa de ser criança. Passa a ser um homem. É quando recebe a chave de casa. Uma grande festa é feita para comemorar essa data. Depois da festa, Issak conversa com a **Iídiche Mamma:**
– Mamãe, quero a chave de casa.
– Por quê? Você ainda é uma criança.
– Não sou mais, mamãe. Fiz 13 anos.
– Treze anos e já acha que é gente.
– Faz 5.753 anos que todos os judeus, aos 13 anos, deixam de ser crianças e recebem a chave de casa.
– Para que você quer a chave de casa, meu filho?
– Para abrir a porta de casa quando eu quiser sair, mamãe.
– Eu abro para você.
– E se eu chegar tarde da noite em casa?
– Eu abro também.
– Você estará dormindo quando eu chegar, mamãe.
– Eu estarei junto com você, meu filho. Ou você acha que vai sair sozinho à noite?
– Claro que vou!
– Acha que só porque fez 13 anos não vai mais sair com a sua mãe? Você quer que eu morra de solidão?
– Você sai com o papai e eu saio com meus amigos.
– Seu pai não gosta de sair, você sabe disso.
– Não mude de assunto, mamãe. Eu quero a chave de casa. Se não for por nada, por tradição! Tradição! Se você não me der a chave eu vou falar com o rabino.
– Faça isso, peça a chave da casa dele. Ou melhor, da sinagoga.

Issak procurou o rabino...
– Rabino, minha mãe não quer me dar a chave de casa.
– E por que você deveria ter a chave?
– Porque eu já fiz 13 anos.
– Eu já fiz 76 e minha mãe ainda não me deu a chave de casa.

A Primeira Comunhão

Ao fazer 7 anos, segundo a religião católica, o menino deve fazer a Primeira Comunhão. São escolhidos padrinho e madrinha. E a família inteira vai à igreja participar da missa. Depois da cerimônia religiosa tem um delicioso almoço. Com macarronada, claro. A **Mamma Italiana** fica muito feliz com o filhinho.

– Giovanni, desça já dessa árvore antes que você se machuque.
– Estou brincando, mamãe.
– Ou você desce dessa árvore ou eu te mato!

***

– Giovanni, pare de jogar bola, que você vai rasgar o terno.
– Estou brincando, mamãe!
– Mas **eu** não estou brincando!

***

– Giovanni, presta atenção no que o padre está falando!
– Mas eu não entendo latim, mamãe.
– Porque é burro! Devia ter estudado na escola!

***

– Giovanni, faz o sinal-da-cruz direito!
– Eu estou fazendo, mamãe.
– Se não fizer, acabo com a tua raça!

***

– Giovanni, coma direito! Parece um bicho na mesa!

***

– Giovanni, espero não estar viva para ver você fazer a crisma!

CAPÍTULO 18

OS PRESENTES QUE VOCÊ GANHA DA IÍDICHE MAMMA MIA

1
Você ganha duas camisas da sua **Iídiche Mamma.** Uma azul e outra amarela. Você coloca a amarela. Ela olha para você e diz:
— O que foi? Não gostou da azul?

2
Você ganha duas camisas da sua **Mamma Italiana.** Uma azul e outra amarela. Você coloca a azul. Ela olha para você e diz:
— A amarela fica melhor em você.

3

Você ganha um terno novo da sua **Iídiche Mamma**. Na mesma noite ela faz um jantar. Então você acha melhor colocar o terno para jantar na casa dela. Ela olha para você e diz:
– Para que usar esse terno novo? O outro ainda não está velho.

4

Você acaba de ganhar um terno novo da sua **Mamma Italiana**. Ela faz um almoço no domingo e você acha melhor colocar o terno. Você bebe muito, come muito e acaba sujando o paletó com molho de macarrão. Ela diz para você:
– *Sporcaccione*! É a última vez que lavo suas roupas!

O autor experimentando uma roupa nova.

"Está ótima em você. Assim você pode CRESCER E NÃO VAI PERDÊ-LA"

CAPÍTULO 19

COMO PRESENTEAR A IÍDICHE MAMMA MIA

O presente da **Iídiche Mamma**

É aniversário da sua **Iídiche Mamma.** Como nos anos anteriores, você acha que a melhor coisa a fazer é dar um belo presente. Quem sabe assim ela deixa você em paz por mais um ano. Essa estratégia não funcionou no passado nem nos últimos quarenta anos, mas quem sabe este ano funcione.

Por outro lado, você se sente na obrigação de dar algo espetacular. Afinal de contas, ou apesar de tudo, é a sua mãe. Uma jóia seria o presente ideal. Você faz as contas, sabe que a situação não está fácil, o dinheiro anda curto. Procura uma joalheria que aceite 6 pagamentos, sabe que vai se endividar até a alma, mas, afinal de contas, é a sua mãe. Sua mulher é contra. Com lógica e raciocínio, sua esposa explica que esse dinheiro vai fazer falta para a reforma da casa. Que a reforma da cozinha não dá mais para adiar. Todos os argumentos dela falham. Afinal, é a sua mãe. Você e sua esposa acabam brigando. Pois, além da reforma, ela está pedindo um vestido novo e você sempre diz que está sem dinheiro.

– Faz um ano que peço um vestido novo e você diz que está sem dinheiro. Para a sua mãe, você pode gastar uma fortuna.

– Primeiro, o presente da minha mãe custa menos que o vestido. Segundo, vou pagar em 6 vezes. E, terceiro, é a minha mãe.

– E eu sou sua esposa.

– Minha mãe está fazendo 70 anos! Ela merece um belo presente. Quantas vezes na vida ela vai fazer 70 anos?

– Sua mãe? Pela saúde que tem, pelo menos 5 vezes!

Você se enche de coragem, de talões de cheques e de dívidas, e vai na joalheria.

– Eu procuro um presente para minha mãe.

– Temos anéis lindos.

– Meu pai dava anéis para ela. É melhor eu dar outra coisa.

– Que tal um colar?

– Seria perfeito se eu tivesse todo esse dinheiro.

– Um colar não é tão caro. Temos alguns lindos.

– Acredito que sejam lindos, mas já é um sacrifício muito grande comprar uma jóia. Faz 5 meses que economizo dinheiro.

– Sua mãe iria adorar um colar.

– Eu sei, mas colar não vai dar.

– Uma pulseira?

– Boa idéia.

***

Depois de muito escolher, negociar, assinar promissórias, você compra uma pulseira. Chega todo feliz na casa da

"Uma pulseira de ouro para mim? Para que eu quero isso? Para ser assaltada?"

sua mãe. Sorridente, entrega a ela o melhor presente que você já comprou na sua vida (nem para sua mulher, você fez tamanha extravagância). Sua mãe pega a caixa lindamente embrulhada, põe de lado e pergunta se você já comeu.

– Mãe, você não vai abrir o presente?
– Depois eu abro, filhinho. Agora é bom você comer alguma coisa, porque está com cara de quem está passando fome. (Sua mulher olha fuzilando para ela.)
– Eu já jantei, mamãe. Abra o presente.
– Depois eu abro, deixe aí que quando você for embora eu vejo o que é.
– Eu quero que você abra ele já! (Você fala sem gritar, mas com convicção suficiente para que sua mãe decida-se por abri-lo.)
– Uma pulseira? Eu já tenho uma pulseira. Por que você não me comprou um colar?

O filho da Clara, é claro, deu um colar para a mãe dele no aniversário.

Você dá um presente para a **Mamma Italiana.**

A sua **Mamma Italiana** vai fazer 70 anos de idade.
Não é todo dia que alguém faz 70 anos. É preciso comemorar com estilo. Um belo almoço no domingo, uma macarronada de dar água na boca.

Faz uma semana que você a vê na cozinha fazendo o macarrão. Com capricho, com dedicação. O molho, então, nem se fala! Ela descasca tomate por tomate. Retira as sementes e recusa tomates que não estejam perfeitos. Pediu para a *zia* mandar um azeite de Pistóia. A outra *zia* mandou o parmesão de Parma. Autêntico. Original. Uma macarronada como há muito tempo ninguém faz.

No começo você era contra. Tentou convencer a *Mamma* a não entrar na cozinha. Ela está fazendo 70 anos. Está velha, cansada. Você a levaria para jantar fora. Ela e toda a família.

– *Sei pazzo*? De jeito nenhum! – ela disse. – Imagine só comer num restaurante! Em primeiro lugar, custa uma fortuna. Em segundo lugar, a comida não é tão boa como a minha. Em terceiro lugar, onde já se viu comemorar meu aniversário num restaurante? Quanto mais velho fica, mais burro!

Não senhor, ela mesma iria fazer o almoço. Faz uma semana que ela acorda de madrugada para ir ao mercado comprar as melhores verduras. Chega em casa e vai direto para a cozinha. Farinha, água, ovos, tomate, azeite, carne moída, queijo. Só os ingredientes já dão água na boca. Doze horas por dia de trabalho. Já que você não conseguiu convencê-la a não cozinhar no próprio aniversário, então é bom dar um be-

"Uma pulseira de ouro para mim? Para quê? Para usar na cozinha?"

líssimo presente.

– *Mamma*, o que você quer de aniversário?

– Quero que você tenha boa saúde e que eu ainda possa ver meus netos crescerem.

– Ótimo, *mamma*. Mas eu gostaria de dar um belo presente. O que você quer ganhar?

– Nada, filho. Graças a Deus eu não preciso de nada. Só de saúde. Estou velha e cansada.

– *Mamma*, eu vou dar um presente de qualquer jeito. Então é melhor você escolhê-lo. Quer um vestido?

– Não, obrigada, filho. Me passa a farinha.

– Aqui está, *mamma*. Então, que tal um fogão novo?

– Este fogão está ótimo, filho. Me alcança o tomate.

– Você gostaria de ganhar uma passagem para a Itália, para visitar a *zia* Eponina?

— Não preciso de nada, filho. Use seu dinheiro com você. Vai viajar você. Eu já estou velha, não quero mais nada, filho, e me passa o parmesão.

— *Mamma*, alguma coisa você quer ganhar.

— Um beijo seu, saúde, e o azeite. Me passa o azeite.

Bem, você acaba desistindo. Ela não quer nada, nada mesmo. Acaba ficando brava com você de tanto insistir em querer dar um bom presente. O que uma velha como ela poderia querer? Seu pai? Que Deus o tenha. Netos? Quando você criar juízo e casar. Na idade dela não precisa de mais nada. Só de saúde e ver o filho crescer.

No domingo, aniversário dela, você vai para o almoço com um maço de flores.

Ela recebe as flores e fala:

— Flores! Este é meu filho! Eu me mato na cozinha por ele e quando eu faço 70 anos me dá um maço de flores!

E bate com as flores na sua cabeça.

CAPÍTULO 20

TESTE EXCLUSIVO PARA SABER DE QUE NÍVEL DE IÍDICHE MAMMA MIA É A SUA

1 - Quando você tinha 10 anos de idade, sua **Iídiche Mamma Mia** falava no almoço:
   a - Coma tudo para que eu não precise jogar fora.
   b - Só mais um prato.
   c - Passei o dia todo na cozinha e você não come nada?
   d - Fiz aquele refogado de chuchu que você adora.

2 - Ao fazer 40 anos você ganha uma calça e uma camisa da sua **Iídiche Mamma Mia**.
   a - A calça é listrada e a camisa é xadrez. E você precisa usar as duas juntas!
   b - São 3 números maiores porque "você ainda pode crescer mais".
   c - São 3 números menores porque "nem percebi como você estava grandinho".
   d - Não me peça para fazer a barra porque estou muito ocupada este ano.

3 - Na hora em que você entra no banco, ocorre um assalto. A polícia leva dois dias para prender os assaltantes e liberar todo mundo. Quando você consegue chegar em casa, a primeira coisa que sua **Iídiche Mamma Mia** fala é:
    a - Não telefonou ontem por quê? Não me ama mais?
    b - Sua comida já deve estar fria.
    c - Por que você não me pediu para te ajudar?
    d - Falei para você mudar de banco.

4 - Você perde o emprego e a namorada no mesmo dia. Sua **Iídiche Mamma Mia** comenta:
    a - Aquela mulher só trazia azar para você.
    b - Claro! Que mulher quer um homem desempregado?
    c - Deixa que eu vou falar com os dois.
    d - Você merece coisa muito melhor.

5 - Qual a frase mais comum da sua **Iídiche Mamma Mia**:
    a - A Raquel tem tanta sorte. O filho dela vai tão bem nos negócios.
    b - Pode viajar sossegado que essa minha dor no coração vai passar logo.
    c - Você precisa ver como são lindos os netos da Raquel.
    d - Não sei por que você insiste em fazer tudo errado!

6 - Você consegue fechar um negócio com que sonhava há muito tempo. Ao comunicar a sua **Iídiche Mamma Mia**, ela diz:
    a - Quem sabe agora você já pode me dar um presente.
    b - O filho da Raquel fecha um desses por semana.
    c - Pena que eu não vou poder viver muito para ver suas vitórias.
    d - Se soubesse que era tão importante para você, eu teria ajudado.

7 - Você leva sua **Iídiche Mamma Mia** para jantar na melhor churrascaria da cidade.
   a - Ela pede pizza.
   b - Pergunta para o garçom se a carne é fresca.
   c - Insiste em ver se a cozinha é limpa.
   d - Diz para o garçom que não tem fome.

8 - Você leva sua **Iídiche Mamma Mia** para jantar na melhor cantina da cidade.
   a - Ela pede carne.
   b - Diz para o garçom que a massa que ela faz é bem melhor.
   c - Pede qualquer coisa. "É tudo ruim, mesmo."
   d - Acha ruim você gastar um dinheirão para comer na rua.

9 - Ela telefona para a sua casa às 3 horas da manhã.
   a - Você vem almoçar aqui no domingo?
   b - Só liguei para saber se estava tudo bem com você.
   c - Nem percebi que já era tão tarde!
   d - Se eu sei que horas são? O relógio que você me deu vive quebrado!

10 - Você acaba de conquistar a medalha de ouro nos Jogos Universitários.
   a - Ela pergunta quando você vai bater o recorde mundial.
   b - Ela acha melhor você mudar de esporte porque esse é muito perigoso.
   c - "Se não fosse esse juiz, você poderia ter ido melhor."
   d - "Será que agora vai ter tempo para me visitar?"

11 - Você acaba sendo o campeão do torneio inteiro.
   a - Aposto que o filho da Raquel não competiu.
   b - Que torneio é esse que nem ouvi falar?
   c - Só você achava que não ia ganhar.
   d - E para que é que serve isso?

12 - Você começa a namorar. Sua mãe fica sabendo.
   a - Ela começa a sentir problemas de saúde gravíssimos e impossíveis de ser diagnosticados.
   b - Ela acende uma vela para agradecer a Deus que alguém finalmente queira você.
   c - Ela desmaia sem motivo aparente.
   d - Ela deixa você saber que tem telefonado para casas funerárias.

13 - Você apresenta sua namorada para a sua **Iídiche Mamma Mia**. Ela comenta:
   a - A moça que ele namorou o ano passado era tão gentil comigo.
   b - Ele ainda é tão criança para pensar em casamento.
   c - Você sabe cozinhar direitinho?
   d - Como é mesmo seu nome?

14 - Você decide ficar noivo.
   a - Ela pergunta à sua noiva se os pais dela sabem disso.
   b - Ela disfarçadamente fala para sua noiva que você sofre de um mal congênito e incurável.
   c - "Você tem certeza do que está fazendo com o meu filho?"
   d - "Porque você tem tanta pressa de casar com ele?"

15 - Um dia sua noiva vem visitá-lo, e você não está. Ela e sua mãe ficam conversando. Sua mãe pergunta:
   a - Por que meu filho anda tão triste?
   b - Pode deixar que eu decoro a sua casa.
   c - Ele já apresentou você para a filha da Raquel?
   d - Como é mesmo o seu nome?

Como o autor se sente perto da Iídiche Mamma Mia.

16 - Vocês avisam que vão se casar.
   a - Sua **Iídiche Mamma Mia** desmaia.
   b - Sua **Iídiche Mamma Mia** pergunta: "Que mal eu fiz a Deus?"
   c - Eu acho que vocês deviam pensar melhor.
   d - Como é mesmo o nome dela?

17 - É dia do seu casamento. Sua **Iídiche Mamma Mia** chama a futura nora no canto e fala para ela:
   a - Eu vou morar uns tempos com vocês, para ensiná-la a cuidar da casa.
   b - Não fala nada para o meu filho, mas acho que estou tendo um infarto.
   c - Ele é muito bobinho, mas não pense que você me engana.
   d - Como é mesmo o seu nome?

18 - Nasceu o seu filho. No quarto da maternidade sua **Iídiche Mamma Mia** comenta com sua esposa:
   a - Ainda bem que ele puxou nossa família.
   b - Eu vou continuar morando com vocês por um tempo, para ensiná-la a cuidar do neném.
   c - Nunca achei que você pudesse engravidar.
   d - Como é mesmo o seu nome?

Respostas: Não precisa se preocupar em somar as respostas. Sua **Iídiche Mamma Mia** é uma autêntica **Iídiche Mamma Mia**.

CAPÍTULO 21

A IÍDICHE MAMMA E OS ESPORTES

A **Iídiche Mamma**, de uma maneira geral, é contra os esportes. Segundo ela, a prática de esportes é muito violenta e "meu filhinho pode acabar se machucando". Além disso, "aqueles meninos são muito fortes e podem bater em você". Ela prefere que seu filho fique em casa, junto com ela, estudando, descansando, lendo. Esse negócio de sair com outros meninos é coisa de "gente sem família". As principais críticas que a **Iídiche Mamma** faz aos esportes, em cada especialidade, são as seguintes:

Natação: Nem ouse entrar nessa piscina suja. Você vai pegar uma doença de pele.

Pólo aquático: Além do problema acima, você ainda vai acabar resfriado.

Futebol: É muito perigoso.

Vôlei: Nunca ouvi falar. Alguém joga isso?

Basquete: Você é muito baixinho. Eles vão machucá-lo. (Você tem 2 metros de altura.)

Tênis: Já vi muita gente quebrando a perna.

Judô: Isso só existe no Japão.

Jogging: Quando você crescer seu pai vai te dar um carro.

Atletismo: Isso só existe na televisão.

Golfe: Isso é molho para salada.

Tiro ao alvo: Nem ouse brincar com armas de fogo!

Arco e flecha: Você vai acabar machucando seu irmão.

Pesca submarina: Deixe os peixinhos em paz!

Mas você precisa fazer esportes!

Porém um dia, vocês estão no médico e ele recomenda a sua mãe que você pratique esportes. A primeira reação dela é mudar de médico, mas ela acaba ouvindo as explicações dele até o fim. Afinal, ele é médico, ou seja, tudo o que ela sonha que você deveria ser. Portanto, ele deve saber o que fala. E explica a ela que o esporte fará bem para sua saúde, para sua formação física e para o entrosamento com outros garotos.

– Quanto à saúde do meu filhinho – ela explica –, ele se alimenta muito bem, pois sou eu quem faço a comida dele. A

O autor tentando jogar futebol.

"Você vai quebrar a perna! E estragar a gravata que eu te dei!"

formação física é muito boa, pois ele é meu filho, e, por último, da companhia de outros garotos ele não precisa, pois tem a mim.

No entanto, o médico também tem uma **Iídiche Mamma** e acaba encontrando os argumentos para que sua mãe o deixe praticar esportes.

— Você não acha que xadrez seria bom para ele? — Ela pergunta numa última tentativa de evitar esforços físicos.

Juntos vocês decidem por um esporte.

A primeira dificuldade é convencê-la de que não precisa ir ao vestiário com você para ajudá-lo a se vestir.

A segunda dificuldade é convencê-la a não assistir aos treinos. E, se assistir, que não precisa torcer por você. São apenas treinos.

Terceira, a deixar o técnico resolver quando e em que posição você deve jogar.

Por último, ela descobre que o técnico adora bolo de chocolate e começa a suborná-lo. E você descobre que ela não está subornando o técnico para que você jogue, e sim para que você fique no banco e "evite se machucar".

CAPÍTULO 22

A MAMMA ITALIANA E OS ESPORTES

A **Mamma Italiana** já tem uma postura diferente com relação aos esportes. Ela acha que você deveria praticar todos, pois é um craque em qualquer um deles. E que você deve ser agressivo, briguento e partir para cima de todos os adversários, principalmente "daquele menininho que vai sempre treinar junto com a mãe". Ela prefere que você faça esportes de equipe, para que você se destaque no meio de todos.

Esta é a visão que ela tem dos esportes:

Natação: Excelente. Assim você já chega em casa de banho tomado.

Pólo aquático: É bom, porque você pode dar um caldo em todo mundo.

Futebol: Você tem pernas lindas!

"Pode jogar futebol, mas se sujar essa camisa, eu te mato!"

Vôlei: Nunca ouvi falar. Alguém joga isso?

Basquete: Você tem altura ideal. (Na verdade você é o mais baixo do time.)

Tênis: Você pode ganhar muito dinheiro.

Judô: Isso só existe no Japão.

Jogging: Quando você crescer seu pai vai te dar uma Ferrari. Isso sim é correr!

Atletismo: Isso só existe na televisão.

Golfe: Prefiro molho vinagrete.

Pesca submarina: Eu vou junto, assim escolho o peixe mais gostoso.

Equitação: Cuidado com os carrapatos!

Automobilismo: Se você não se matar, eu te mato!

Ciclismo: Em Veneza?

No fim, apesar de todos os esforços dela, o que você gosta mesmo é de sair com os amigos para beber e fazer bagunça.

Mas ela acha que você está indo aos treinos e torce para que você leve seu time à vitória.

CAPÍTULO 23

COMO CONJUGAR O VERBO IÍDICHE MAMMA:

Eu morro

Você me mata

Ele me mata

Nós nos amamos

Vós quem pensa que és?

Elas são quem?

CAPÍTULO 24

COMO CONJUGAR O VERBO MAMMA MIA:

Eu te mato

Você se mata

Ela te mata

Nós nos amamos

Vós onde vais?

Nós vamos juntos

CAPÍTULO 25

O FILHO DA IÍDICHE MAMMA MIA ARRUMA O PRIMEIRO EMPREGO

"Filhinho, fiz um lanchinho para você levar no escritório."

O seu primeiro emprego

Chega um dia em que não tem mais jeito. Você precisa trabalhar. Sua mãe tentou evitar de todas as maneiras que você saísse de casa para ganhar a vida. Prometeu casa e comida para sempre. Deixava você dormir até tarde. Levava café na cama. Só que, na sua idade, não dá mais para evitar. Você precisa ir à luta.

Você vai sair de casa para o seu primeiro dia de trabalho. Aqui está uma lista de conselhos que ela vai dar para você.

1 - Não coma nada na rua. É tudo porcaria. Venha almoçar em casa.

2 - Ligue para mim se você não souber alguma coisa.

3 - Não confie em ninguém no escritório. Todos invejam você e querem o seu lugar.

4 - Se alguém gritar com você, ligue para mim.

5 - Anote na sua agenda seu tipo sanguíneo e deixe um bilhete em cima da mesa para ligarem para mim em caso de acidente.

6 - Quer que eu vá lá arrumar sua sala?

7 - Não dê atenção para as moças que trabalham com você.

8 - Venha direto do serviço para casa. Não vá beber com os amigos.

9 - Traga seus colegas para almoçarem em casa.

10 - Me ligue assim que chegar.

11 - Faça cocô em casa. Jamais se sente em banheiro público.

12 - Não esqueça de levar uma escova de dentes.

13 - Já comprei um porta-retratos para você pôr minha foto sobre a mesa.

14 - Acho melhor eu ir levá-lo.
15 - Acho melhor eu ir buscá-lo.

E, finalmente, o *conselho fatal*:

Já liguei para o seu chefe e falei para tratá-lo com carinho , pois você é muito sensível.

CAPÍTULO 26

OS TRAUMAS ADQUIRIDOS

Ninguém sobrevive impunemente a uma **Iídiche Mamma Mia.**

Sem elas, cairia em 80% o movimento nas clínicas psicoterapêuticas. As neuroses são adquiridas na infância, quando o seu contato com ela é bem maior e você ainda é frágil e indefeso.

Principalmente, indefeso psicologicamente. O suficiente para se deixar levar por tudo o que ela fala. Hoje em dia, você já está crescido e maduro, e não se deixa influenciar com tanta facilidade pelos comentários que ela faz. O máximo que ela consegue é deixá-lo com a consciência pesada, ter insônia e se sentir o mais infeliz dos seres humanos. Sem contar um tremendo complexo de culpa e aquela coceira no braço que o seu analista diagnosticou como sendo de fundo nervoso.

Tirando esses problemas, sua mãe não o incomoda mais. (Se bem que sua esposa diz que sempre que você volta da casa da sua mãe você chora no banheiro. Pode ser apenas coincidência.)

Selecionamos os traumas e as neuroses mais comuns, para ajudá-lo a não se sentir um peixe fora d'água, e sim mais uma gota no oceano.

O autor com medo de usar chinelos emprestados na sauna.

"Se usar chinelos de outro, seus dedos vão cair."

Iídiche Mamma

☞ Jamais ir à sauna. É muito abafado. Faz muito calor.
★ Se tiver que ir, não esqueça:
   a - Leve um calção. Não fique pelado na frente dos outros.
   b - Leve a sua toalha. Você não sabe quem usou a outra antes de você.
   c - Consulte um médico antes, para ver se sua pressão está em ordem.
   d - Beba bastante água antes, durante e depois, para evitar desidratação.

☞ Jamais usar banheiro público.
★ No entanto, se for inevitável:
   a - Tampe o nariz, pois cheiram tão mal que você pode pegar uma doença só de respirar aquele ar.
   b - Jamais se sente num tampo de vaso sanitário que não seja em casa.
   c - Leve sempre papel higiênico macio no bolso. Para evitar hemorróidas no futuro.
   d - Não encoste a mão em nada: nem nas maçanetas, nem nas descargas, nem nas torneiras.

☞ Nunca comer nada fora de casa, principalmente empadinhas.
☞ Beber num copo fora de casa dá sapinho.

☞ Água gelada causa resfriado.

☞ Não beber álcool, pois você teve hepatite. Se não teve, não beber do mesmo jeito.

☛ Não servir o Exército em hipótese nenhuma. Se preciso for, ela fala com o general.

☛ Ganhar muito dinheiro.

☛ Se o casamento for inevitável, que seja com mulher rica.

☛ Ela não vai gostar de nenhum presente que ganhar de você.

☛ Café à noite tira o sono.

☛ Colchão mole faz mal para as costas.

☛ Chinelos de outras pessoas dão frieira.

☛ Nunca viajar de carro à noite.

☛ Não usar calça nem cueca apertada: "faz mal".

☛ Falar palavrão é feio.

☛ Nunca se envolver com política.

☛ Só usar travesseiro de penas. Outros fazem mal.

☛ Jamais comer carne de porco, camarão e marisco.

★ Se o camarão for feito em casa, pode comer.

☛ É preciso fazer psicoterapia escondido dela.

☛ Cuidado! (Com tudo.)

☛ Não fazer exageros, que sua saúde é fraca:
Não beber muito.
Não dormir tarde.
Não trabalhar demais.
Não fazer muita ginástica.
O único exagero permitido é comer. Comer muito faz bem, porque você está magrinho.

☛ Não forçar a vista. (Seja lá o que isso significa.)

☛ Não ler no escuro, que estraga a vista.

☛ Ela sempre se sacrifica por você... 24 horas por dia.

Mamma Italiana

☞ Ler muito estraga a vista.

☞ Rezar nos momentos difíceis ajuda.

☞ Deus sabe o que faz.

☞ Não tomar chuva que faz mal para a saúde.

☞ Matar todos os insetos que você encontrar.

☞ Todas as garotas te adoram.

☞ Almoçar com ela todos os domingos.

☞ Cuidado com vento nas costas, causa pneumonia.

☞ Saia sempre com uma malha. O tempo pode mudar de uma hora para outra.

☞ Ar condicionado faz mal à saúde.

☞ Não corra de carro.

☞ Dar presentes a ela. O bastante nunca é o suficiente.

☞ Você tem estômago de avestruz. Pode comer de tudo e à vontade.

☞ Colesterol é invenção médica.

☞ Psicoterapia é besteira. Não funciona.

"Você sabe quanto eu me matei para você chegar onde você está?"

☞ Cuidado! (Com tudo.)

☞ O Exército faz de você um homem.

☞ Você é o melhor da turma.

☞ Ao passar por uma igreja, fazer o sinal-da-cruz.

☞ Guardar na carteira uma imagem de Nossa Senhora e no carro uma fitinha abençoada.

☞ Um dia, ainda ter uma audiência com o papa.

☞ Ter superstições.

☞ A comida dela nunca faz mal. Mesmo quando faz.

☞ Nenhuma mulher cozinha tão bem quanto ela.

☞ Telefonar para ela pelo menos três vezes por dia.

☞ Você precisa ter medo de que alguma coisa falte para ela.

☞ Isso vai deixá-la doente.

☞ Só ela sabe educar os seus filhos.

☞ Seus irmãos nunca a entendem.

☞ Ela é uma coitadinha.

☞ E se ela morrer sem o filho do lado?

☞ Ela não faz isso por mal.

CAPÍTULO 27

HISTÓRIAS REAIS

"Meu filho, morar sozinho por quê? Minha casa não é boa o suficiente para você?"

A história de Mendel P.

—Mãe, eu vou morar sozinho.
Faz seis meses que você ensaia essa frase na frente do espelho. Já discutiu exaustivamente esse assunto com o seu analista. Preparou tudo para que a saída seja fácil e sem traumas. Até que um dia você se enche de coragem, encara a sua mãe e fala para ela:
– Mãe, eu vou morar sozinho.
Silêncio. Ela não responde nada. Será que você falou baixo demais? É melhor repetir a frase tão ensaiada.
– Mãe, eu falei que vou morar sozinho.
Silêncio. O que será que está acontecendo?
– Mãe, você ouviu o que eu falei?
– Ouvi. Eu estou prendendo a respiração para morrer rápido e não sofrer de desgosto.
Pronto. Era isso que você temia. Ela é capaz de qualquer coisa para fazê-lo mudar de idéia. Até mesmo morrer. Será que ela vai se matar mesmo? Não é melhor adiar a mudança por mais alguns anos? Afinal, você tem apenas 43 anos. Ainda tem muito tempo pela frente. Ela não, ela está velhinha, fraca. Quem sabe a emoção vai fazer mal a ela? Não! O analista falou que você precisa encarar a realidade. Tudo não passa de chantagem emocional.
Será mesmo?

– Mamãe, na minha idade, todos os homens moram sozinhos.
– Porque eles não têm uma mãe que cuida tão bem de-

les como eu cuido de você. O filho da Clara ainda mora com ela. E é um bom menino.
 O filho da Clara é um imbecil que nem namorada tem. Você, não. Você tem várias namoradas e elas não querem mais ir ao motel. Por isso, você precisa morar sozinho. Ter um apartamento só seu. Chegou a hora. Vamos, coragem. Lembre-se das palavras do seu analista. Tudo não passa de chantagem emocional.
 Mas ela está ficando vermelha de tanto prender a respiração. Será que ela vai se matar mesmo?
 – Mamãe, vamos conversar. Vamos discutir esse assunto que é muito importante para mim.
 – Não tenho nada para discutir. Você quer morar sozinho, muito bem. Pode morar aqui mesmo, que eu já estou morrendo.
 – Tome. Beba esse copo de água com açúcar que vai acalmá-la.
 – Hum! Você não sabe fazer nem copo de água com açúcar e quer morar sozinho.
 Pronto. Começou a discussão. Ela vai tentar provar a você que é impossível morar sozinho. O analista já havia prevenido sobre isso. Não faz mal, você tem as respostas na ponta da língua.
 – Eu... Ah... Eu... Isto é... A... Ah... É isso! Vou comer comida congelada. Já comprei um freezer lá para o meu apartamento.
 – Comida congelada não tem nutrientes. Você vai acabar com escorbuto.
 Ponto a favor. Ela está discutindo o assunto com você. O analista falou que esse era o caminho para que você pudesse expor seu plano em detalhes e convencê-la de que não estava fazendo nada de excepcional.
 Mas, se ela já soltou a respiração, por que continua vermelha? Será que ela está tendo um infarto? Ou é impressão sua? É tudo fingimento. Não passa de chantagem emocional.

– E quem vai lavar sua roupa, limpar sua casa? Ou será que o mocinho vai viver como um bicho num chiqueiro?! Não duvido nada.

– Já tenho tudo organizado, mamãe. Já comprei aspirador, enceradeira, máquina de lavar roupa, já contratei empregada.

– Quer dizer que você já estava preparando isso há muito tempo? Você pode ser processado por assassinato premeditado. Matar a própria mãe! Por que você me causa tanto sofrimento? O que eu fiz para você?

– Mamãe, saia de perto da janela. E respire fundo. Você está muito vermelha. Quer mais água com açúcar?

Você acha que ela fala sério mesmo em se matar. Ela está cada vez mais vermelha. Será que não é melhor ligar para o analista e decidir que caminho tomar? Ela parece que está tremendo. Você nunca a viu assim antes. Será que não é melhor adiar a sua saída?

Não! O analista falou que isso ia acontecer. Tudo não passa de encenação. De chantagem emocional.

– Mamãe, entenda minha necessidade de morar sozinho.

– Claro! Você não agüenta mais a própria mãe. Se eu sou um peso tão grande para você, por que não me interna num asilo ou me deixa morrer em paz?

– Eu vou continuar vendo você todos os dias. Eu prometo. Vou morar do lado da senhora.

– Por quê? Você vai se mudar para perto do cemitério?

– Sente-se um pouco nesta cadeira. Você não está passando bem.

– Eu estou muito bem. Pelo menos para quem está a poucos passos da morte.

– Quer que eu chame um médico?

– Pode deixar. Ele não tem mais utilidade. Eu sinto que chegou minha hora.

– Deite-se um pouco no sofá que eu vou buscar um remédio lá no banheiro.
– Não precisa. Fique um pouco comigo. São meus últimos minutos. Segundos, quem sabe? Gostaria de dizer que tentei ser uma boa mãe para você. Acho que consegui. Nunca errei na sua educação. Sempre fiz o melhor que pude.
– Eu sei, mamãe. Agora, relaxe. Descanse um pouco que você vai melhorar. Eu vou ficar aqui com você. Eu não vou mais sair de casa.
– Promete?
– Prometo.
– Então deixa eu levantar e acabar de lavar a louça do almoço.

Você nunca mais voltou ao analista. Ficou com vergonha.

CAPÍTULO 28

AS AMIGAS DA IÍDICHE MAMMA MIA

A Raquel

Raquel é aquela amiga que tem um filho sensacional. Tudo o que ele faz é um exemplo a ser seguido.
Ele é melhor que você em tudo.
Nos esportes, na escola, com as namoradas. Ele é um orgulho para a Raquel e é sempre citado por sua mãe quando quer que você faça algo direito. Um dia você o conhece. É um bolha completo. Mas sua mãe não sabe disso. E continua usando-o como exemplo.

A Ninina

Ninina é uma velha amiga da sua mãe.
Estudaram juntas no colégio de freiras.
Elas sempre conversavam sobre os futuros filhos que

teriam. Como seriam bonitos, fortes, inteligentes e ganhariam muito dinheiro. Até hoje sua mãe liga para a Ninina, que mora em outra cidade, e conta para ela as maravilhas que você faz: um filho exemplar, ganha rios de dinheiro, está se preparando para dar aula numa grande universidade americana etc. etc. Quando ela desliga o telefone, berra para você: "Vai sair com aquela vagabunda outra vez? Será que você não pode arrumar um emprego e uma mulher decente?"

A Sara

Sara é aquela velha amiga da sua mãe.
Estudaram juntas. Viajaram juntas. Cresceram juntas. Se conhecem desde os tempos sofridos da Europa e imigraram juntas para este país.
É aquela amiga gordinha, baixinha, com cara de quem já nasceu velha. Ela tem uma filha muito parecida com ela. É exatamente com a filha dela que sua mãe gostaria que você se casasse. Nenhuma outra serve.

A Giovanna

Giovanna é uma amiga do bairro. Se conheceram na farmácia.
A Giovanna é alta, bonita, elegante. Na verdade não são muito amigas. São conhecidas. Conversam quando se encontram na farmácia, na padaria. Trocam receitas, dicas de como tirar manchas, assuntos triviais. Para ser sincero, não são amigas. Sua mãe vive falando mal dela, apesar de trocarem beijinhos quando se encontram. A Giovanna tem uma filha linda. Lindíssima. Você é louco pela filha da Giovanna.
E sua mãe acha que a filha dela não presta.

A RAQUEL.

A NININA

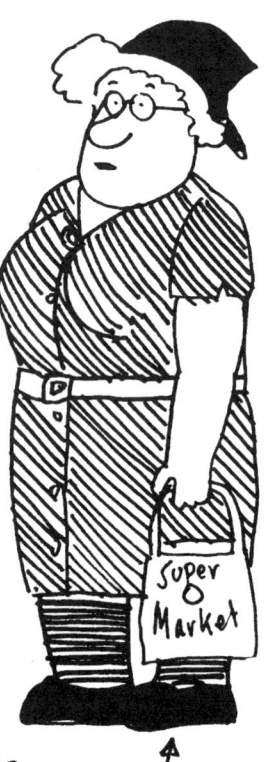

Compras de supermercado para o filho.

Compras de supermercado para o filho.

A SARA

Compras de supermercado para o filho.

A tia Sunta

Tia Sunta é uma velhinha. Ela é mais que amiga da sua mãe. É tia. Até hoje você não sabe por parte de quem. Às vezes por parte do avô, às vezes da avó. Mas o sobrenome é outro. Você já perguntou várias vezes como ela é parente e até hoje a explicação não foi satisfatória. Nem deu para entender. De qualquer maneira, é sua tia Sunta. Tia sua e da sua mãe. (Como é que pode?) Ela não tem marido. Às vezes você pensa que ela é viúva. Outras vezes, que nunca foi casada. Ou será que ela é separada? Tudo na tia Sunta é difícil de entender. Pelo que você conseguiu decifrar, ela também não tem filhos. E, desde que você a conhece, é velhinha. Ela mora numa cidade próxima da sua.

E desde pequeno sua mãe faz você visitar a tia Sunta pelo menos uma vez por mês. Parece até uma peregrinação. Seu pai nunca vai. Você vai porque é pequeno e não tem escolha.

Na casa da tia Sunta não tem nada para fazer, nada com que brincar. Ela serve café com umas bolachinhas sem recheio.

Visitar a tia Sunta é o dia mais chato da sua vida. Você sonha com o dia em que vai crescer e nunca mais vai precisar ir à casa da tia Sunta.

Então você cresce e descobre que sua mãe está velha e cansada para ir sozinha. E que você precisa levá-la na casa da tia Sunta, só que agora todas as semanas.

A Tia Sunta

"Espero que o "Guefilt-fish" esteja bom, porque até cortei os dedos preparando o peixe."

CAPÍTULO 29

IÍDICHE MAMMA MIA

****

O que a **Mamma Italiana** faz com a maior facilidade?
Macarronada e enlouquecer o filho.

****

****

O que a **Iídiche Mamma** faz com a maior facilidade?
Guefilte Fish e tirar o filho do sério.

****

CAPÍTULO 30

A IÍDICHE MAMMA MIA IRRITA VOCÊ COM FACILIDADE?

Você se irrita fácil quando...

A **Iídiche Mamma Mia** tem frases sempre prontas e na ponta da língua, para deixá-lo totalmente fora de controle. Vistos fora do contexto, são comentários simples e despretensiosos. Mas, ditos na hora certa, atingem o alvo com uma precisão milimétrica. Têm a potência de um soco do Primo Carnera. A destruição de um Ariel Sharon.

A ciência explica a força poderosa dessas palavras. São milhares de anos de testes e de aperfeiçoamento.

Estes são os exemplos mais comuns.

Nota do Autor: *Não pense que conhecendo-os com antecedência você conseguirá sobreviver a seus efeitos avassaladores. Você já os conhece. E o que mais intriga é que, mesmo assim, eles continuam com efeito máximo de potência. Por mais repetitivos que sejam.*

No amor:

1 - Como é mesmo o nome dessa menina que quer sair com você? (Ela é sua noiva há 3 anos.)
2 - Você tem certeza de que é isso mesmo o que você quer?
3 - O que o pai dela faz?
4 - (Ao saber que você reservou mesa no melhor restaurante da cidade.) Não estou me sentindo bem hoje.
5 - Sua mulher nunca me telefona.
6 - Ela sabe cozinhar?
7 - Quem passou essa sua camisa?
8 - Você precisa falar para ela... (Tanto faz o que vem depois dessa frase. Você nem consegue ouvir o resto.)
9 - Eu não falei?
10 - Você merece coisa melhor.

No trabalho:

1 - Se você quiser eu ligo para o seu chefe.
2 - Seu sócio é tão simpático.
3 - E desde quando você entende disso?
4 - Seu pai não faria assim.
5 - Por que você não tira umas férias?
6 - A loja do filho da Clara vai muito bem.
7 - O filho da Ninina nunca contrataria esse pizzaiolo.
8 - Hoje eu falei com a sua secretária...
9 - Eu não falei?
10 - Você merece coisa melhor.
11 - Você está almoçando muito na rua.

"Onde você pensa que vai com essa roupa?"

Na escola/faculdade:

1 - Eu vou falar com os seus professores.
2 - Não vá se meter em brigas.
3 - Eu vou telefonar para aquele aluno.
4 - Cuidado com as más companhias!
5 - Leve este lanchinho.
6 - O filho da Clara vai tão bem na escola.
7 - Só você não sabia responder a essa pergunta.
8 - Quer que eu o ajude a fazer a lição de casa?
9 - (Você está no quarto, com a melhor garota da escola.) Trouxe um lanchinho para vocês.
10 - Eu não falei?
11 - Eu esperava uma nota melhor. (Você tirou dez.)

No dia a dia:

1 - Não vá se machucar.
2 - Se você quebrar a perna, "ta masso".
3 - Dói mais em mim do que em você.
4 - Só vai arder um pouquinho.
5 - Você nunca me liga. (Sempre que você telefona.)
6 - Coma só mais um pouquinho.
7 - O filho da Clara...
8 - Você não comeu nada.
9 - Eu vou ficar os feriados em casa. Não tenho onde ir.
10 - Divirta-se.
11 - É melhor levar um casaco.
12 - Deixe que eu faço... (Tanto faz o quê.)
13 - Você não vai deixar esse bife sobrando, vai?

A **Iídiche Mamma Mia** irrita até quando não fala nada...

Frases incompletas:

1 - Na sua idade...

2 - Eu falei...

3 - O filho da Clara...

CAPÍTULO 31

HORA DO ALMOÇO

Iídiche Mamma

Sua **Iídiche Mamma** liga todos os dias, reclamando que você não almoça mais na casa dela. Você explica que, devido ao trabalho, não está dando tempo. Você tem muitos compromissos profissionais, a vida é corrida etc.
 Ela insiste muito. E ainda diz que você vai ficar doente de tanto comer na rua.
 Então um dia você desmarca um almoço de negócios muito importante para almoçar na casa dela.
 – Mamãe, hoje vou almoçar na sua casa.
 – Hoje não fiz almoço. Mas passa aqui para me pegar e vamos comer alguma coisa na esquina.

Mamma Italiana

Ela liga diariamente reclamando que você não almoça mais na casa dela.
– *Mamma*, todos os domingos eu como macarronada na sua casa.
– Domingo não conta. Estou dizendo que durante a semana você sempre me deixa almoçando sozinha. O que foi, não gosta mais da minha comida?
– Não é isso, *mamma*. É falta de tempo.
– Falta de tempo para sua própria mãe?
– Está bem, *mamma*. Eu vou almoçar na sua casa hoje.
– Hoje não, porque hoje não tem almoço.

CAPÍTULO 32

ELA EXISTE:
A IÍDICHE MAMMA MIA
NUMA ÚNICA PESSOA

Raquel Lívia Neurostowisky da Anunziatta é o nome dela.

A mãe é judia. O pai é siciliano. Bela mistura, para o coitado do filho.

Raquel Lívia nunca soube muito bem o que ela era: se **Iídiche Mamma**, por ser judia (segundo as leis judaicas, filho de ventre judeu é judeu), ou se **Mamma Mia**, por ter pai italiano.

Atavicamente ela tinha ambos os componentes.

Logo que seu filho nasceu, ela assumiu os dois lados. Dava de mamar no peito e, quando o leite acabava, ela preparava uma mamadeira. Coitado do Jacó Lorenzo se não mamasse tudo.

– Vamos, Jacozinho, você precisa se alimentar direito. Você só mamou meio litro até agora. Lorenzo, mama tudo, desgraçado!

"Eu não queria dar palpite mas..."

A lídiche mamma mia.

Ao fazer 5 anos, foi para a escola pela primeira vez.
– Jacozinho, estude direitinho, seja comportado. Não quero nenhuma nota menor do que dez. Não vá me envergonhar. E, se alguém fizer alguma brincadeira com você, preste atenção, Lorenzo, não traga desaforo para casa. Me chame que eu parto a cara dele.

Aos 15 anos, Jacó Lorenzo arruma a primeira namorada. Chega em casa todo feliz, todo orgulhoso. E conta para a **Iídiche Mamma Mia.**

– Lorenzo, quem é essa vagabunda que está saindo com você? Você quer me matar do coração, Jacozinho?

Aos 40, ainda solteiro, morando com a mãe, Jacó Lorenzo decide que é hora de casar e ter filhos.

– Ai, meu Deus do céu! Não sei se te mato ou se me mato!

Hoje Jacó Lorenzo é o homem mais complicado do planeta. Ele tem um psiquiatra italiano e compra pizzas de um pizzaiolo judeu.

CAPÍTULO 33

OS SOBREVIVENTES

Os filhos da Iídiche Mamma

É muito fácil reconhecer um filho da **Iídiche Mamma**. Existem alguns detalhes físicos que são comuns a todos.

Usam óculos. De tanto lerem e forçar a vista para ser os melhores da classe.

Ficam careca muito cedo, por sofrerem sem perceber (na verdade, o que acontece é que eles arrancam os cabelos dormindo, quando o inconsciente se manifesta).

As roupas são largas. Claro, é a **Iídiche Mamma** quem compra e até hoje ela compra dois números maiores, "pois meu filhinho ainda está em fase de crescimento".

E o detalhe mais importante, que requer um pouco mais de observação: *as unhas dos pés* são muito bem cortadas. Adivinha quem corta as unhas dos pés para eles?

Uma análise mais profunda permite descobrir mais algumas características comuns a todos os filhos da **Iídiche Mamma**. Por exemplo, ele tem 40 anos e ainda acha que, se a **Iídiche Mamma** não lavar suas cuecas, *ele vai ficar sem nenhuma*.

1 - **Hipocondria.** 100% dos casos pesquisados confirmaram isso. Todos têm algum sintoma grave de hipocondria.

2 - **Remédios.** Não passa um dia sem tomar algum antiácido, laxante, remédio para ressaca (apesar de não beber) ou aplicar pomada para frieira. Sempre que viaja, compra os últimos lançamentos. E o pior é que, mesmo tomando essa bateria de remédios, sempre passa mal. Qualquer coisa que come fora de casa, que não foi feita pela **Iídiche Mamma**, dá azia. E as frieiras nunca acabam. Por que "você não enxuga os pés direito".

3 - **Medidor de pressão.** O filho da **Iídiche Mamma** tem certeza absoluta de que vai morrer de infarto ou derrame. E por isso precisa medir a pressão a cada duas horas. Antigamente ele tinha aqueles aparelhos de medir pressão com bombinha e estetoscópio. (Esqueci de dizer que a grande maioria é médico.) Agora tem os mais modernos e sofisticados. Desde os modelos digitais aos mais profissionais, passando por medidores de pressão acoplados ao relógio, que medem a pressão constantemente.

4 - **Ansiedade.** "E se não tiver cueca nenhuma na minha gaveta de manhã cedo?" Isso se reflete de duas maneiras no filho da **Iídiche Mamma**. Ele tem falta de ar e compra dúzias e mais dúzias de cuecas.

5 - Não toma nada gelado, pois pode dar gripe.

Um Sobrevivente

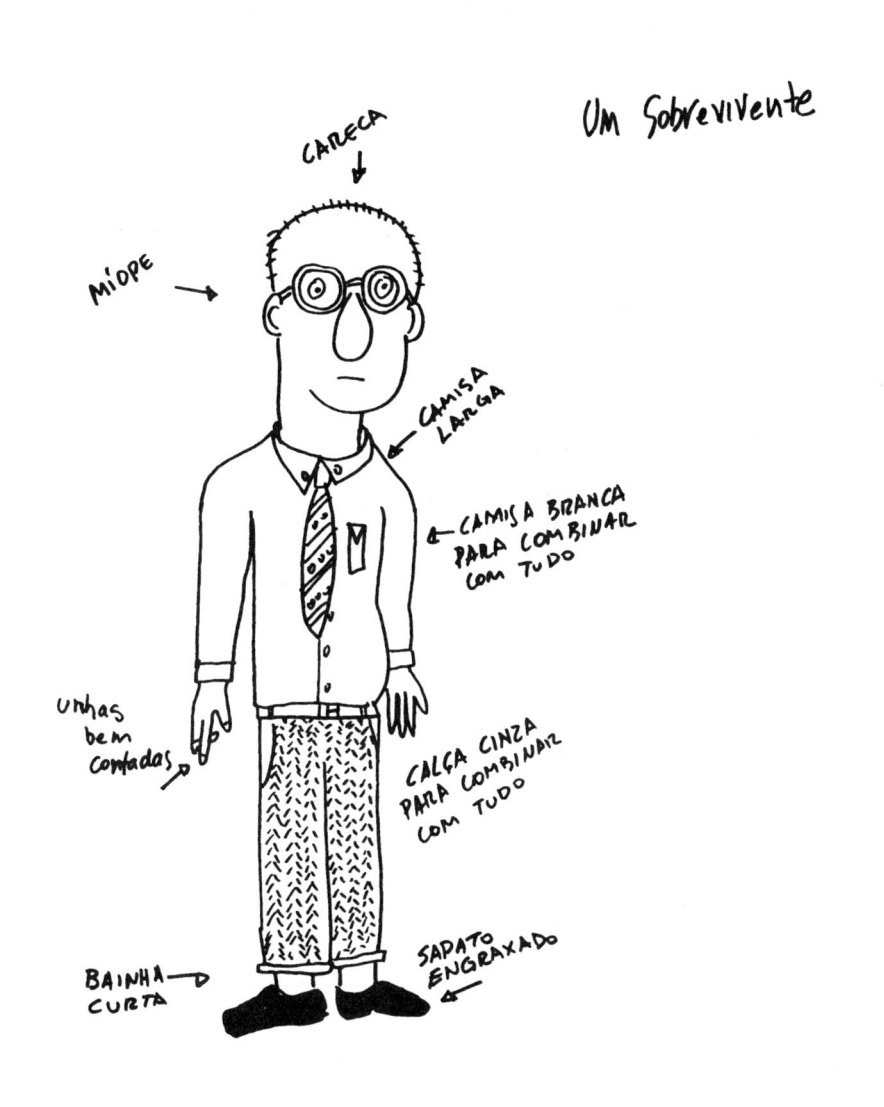

- CARECA
- MÍOPE
- CAMISA LARGA
- CAMISA BRANCA PARA COMBINAR COM TUDO
- UNHAS BEM CORTADAS
- CALÇA CINZA PARA COMBINAR COM TUDO
- BAINHA CURTA
- SAPATO ENGRAXADO

6 - **Bebidas**. Só sucos de frutas. Alcoólicas, nem pensar! Refrigerante, só de vez em quando. E café nunca à noite, para não tirar o sono.

7 - **Empadas e coxinhas**. Se feitas fora de casa, dão dor de barriga.

8 - **Feijoada**. Uma vez por ano, no inverno. Mas quem escolhe o restaurante é a **Iídiche Mamma**, que não come feijoada, é claro, mas vai junto. Para evitar que ele coma carne de porco. Só pode comer o feijão, a couve e o arroz.

Conhecidas as manias do nosso personagem, fica mais fácil estudá-lo. Mas vamos descobrir mais algumas características da personalidade de nosso amigo.

As frases mais comuns

– Não casei pois não encontrei nenhuma mulher que cozinhasse tão bem como minha mãe.
– Claro que eu moro com meus pais.
– Acho que minha mãe não vai gostar de conhecê-la.
– Estudei medicina porque minha mãe queria.
– Coitada da minha mãe!
– Vamos levar minha mãe junto?
– Desde que meu pai morreu...
– Sua mulher se dá bem com sua mãe?
– Se eu fizer isso, minha mãe morre.
– Mamãe, estou quase sem cuecas.
– Não como porco, só presunto.

Como eles se vestem

Já falamos que as roupas são sempre maiores, pois é a **Iídiche Mamma** quem compra, não importa a idade dele. Extraordinariamente ela pode levar o filho junto para experimentar. O que não muda nada, pois ela escolhe o modelo, ele prova e é ela quem diz se está bom ou não.

– Mamãe, você não acha que está um pouco largo na cintura?

– Claro, você está magro que nem um palito. Assim que você engordar um pouquinho, vai ficar perfeito.

A combinação de cores, bem, não podemos chamar a isso de combinação de cores: listrado junto com xadrez. Estampado com estampado. Uma miscelânea que nem o Gaudí seria capaz de fazer. E um eterno boné, pois "mamãe falou para não pegar muito sol na cabeça". Ou, "se não cobrir a cabeça no frio, eu pego gripe".

Como eles namoram

O filho da **Iídiche Mamma** não namora. Ele tem amigas. Sai com muitas, mas muitas mulheres. Várias ao mesmo tempo. É incapaz de se apaixonar por qualquer uma delas. Gosta delas, trata todas exatamente igual. Eles saem juntos, viajam, mas ele nunca promete casamento. Nem poderia. Nenhuma seria capaz de substituir sua **Iídiche Mamma**. Elas sabem disso, mas continuam gostando dele assim mesmo. Muitas acabam se conhecendo, ficam amigas. Foi feita uma mesa-redonda com várias amigas de um desses filhos. Extraímos uma parte do diálogo.

– Ele sempre me tratou superbem.
– A mim também.
– A todas nós. Ele é superatencioso, educado, gostamos muito dele.

– Ele tem algumas manias estranhas.

– Como não tomar banho de banheira fora de casa, lavar as mãos antes de se deitar, falta de ar, não sabe arrumar a mala, está sempre calibrando o pneu do carro, acha que se comer frutos do mar um raio vai parti-lo em dois, levanta à noite para ir ao banheiro e não acende a luz, "senão perco o sono"...

– Enxuga sem parar os dedos dos pés, tem sempre uma cueca limpa de reserva, não bebe na frente da mãe, não fala palavrão, tem medo de que o teto da casa desabe, só vai na praia de chinelo, tem muita assadura, cheira tudo antes de comer, usa calça xadrez com camisa listrada...

– Ele se veste supermal.

– É muito desastrado. Deixa cair tudo, vive batendo com o joelho no pé da cama, sempre que faz torrada deixa o pão queimar...

– Mesmo em torradeira automática.

– Ele não corta as unhas. Alguém precisa fazer isso para ele.

– Tem muitas manias, mas tirando isso ele é superlegal.

– A mãe dele trata a gente bem.

– É só não falar em casamento perto dela.

– Mas a gente sabe que ele nunca vai casar com a gente.

– Nós continuamos amigos, mesmo depois que eu casei. Isto é, amigo mesmo. Ele conhece meu marido.

– Eu deixei de namorar com ele há muitos anos, mas continuamos amigos.

– Acho que eu gosto dele porque é muito carente.

– Ele é indefeso. Alguém precisa cuidar dele.

– Ele não sabe nem fazer café, fritar um ovo. Ele me disse que nunca acendeu um fogão.

– Ele nunca lavou nem mesmo uma cueca. Quando a gente viaja, ele junta toda a roupa suja num saco e leva para a mãe lavar.

– Ele gosta tanto da mãe.
– Ele acha que ela é a melhor pessoa do mundo.
– Morre de medo de que ela fique doente.
– Acho que foi por isso que ele virou médico. Para poder cuidar dela.
– Ele falou que ela tem a saúde muito frágil.
– E olha que ela tem 82 anos, ainda cozinha, lava e passa as roupas dele, guia automóvel e viaja sozinha para Israel todos os anos.

Os filhos da **Mamma Italiana**.

Os filhos da **Mamma Italiana** têm algo em comum. Comum entre eles, jamais com filhos de outras mães: o excesso de peso.

Até os 2 anos de idade são todos gordinhos, cheios de dobrinhas, uns nenenzinhos muito bem alimentados.
Depois disso, até os 20 anos, são um pouco obesos, têm uma barriguinha saliente, de tanto comer macarronada.
A partir dos 20 anos, e até os 40, eles engordam um pouquinho mais, adquirindo mais barriga e mais peso.
Perdem um pouco de peso ao casar, mas apenas alguns gramas. Essa perda é muito mais relacionada à ausência da mãe do que à falta de comida. A **Mamma Italiana** contrabandeia, escondida da nora, pratos e sobremesas para o filhinho.
Dos 40 em diante, vão adquirindo peso, numa média de 5 quilos por ano. Assim, ao chegar aos 70, estão com 150 quilos acima do peso ideal. Mas a **Mamma Italiana** continua achando que eles estão magrinhos.

O que a **Mamma Italiana** oferece como comida:

Macarronada, muita macarronada. Mas também carne, muita carne. O filho da **Mamma Italiana** é a única criança que come carne antes mesmo de os dentes nascerem. Ela consegue (ou é obrigada) a comer bife mesmo sendo banguela. Doce, muito doce também faz parte da dieta do filhinho.

O que a **Mamma Italiana** costuma dizer do próprio filho:

– Ele está magrinho.
– Ele perdeu peso. No mínimo 20 gramas nas últimas 5 semanas.
– Ele parece um palito.
– Ele está subnutrido.
– Ele vai morrer de fome.

O que a **Mamma Italiana** costuma ouvir sobre o próprio filho:

– Ele está gordinho.
– Você não acha que ele devia começar um regime?
– Acho que ele está comendo demais.

O que o filhinho ouve da primeira menina que ele paquera:

– Não tem balança na sua casa?

CAPÍTULO 34

E ÚLTIMO

Mãe é mãe. **Pai é pai.**
E **Iídiche Mamma Mia** é uma coisa muito séria.
Tão **séria** que ou você leva na *brincadeira*, ou acaba neurótico.
Ou ambas as coisas, o que *normalmente acontece.*

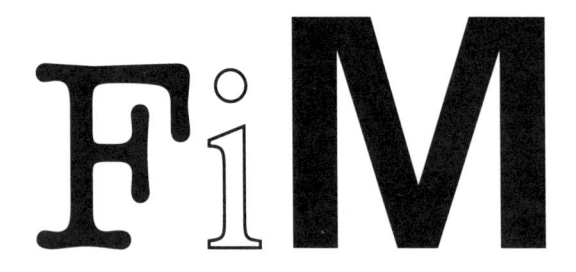

FiM

"Baruch atá Adonai..."(*)

(*) Bendito seja nosso Deus....